AF454951

7 avril 1908

Emile

ATELIER

ÉMILE DAMERON

CONDITIONS DE LA VENTE

Elle sera faite au comptant.

Les adjudicataires paieront *dix pour cent* en sus des enchères.

ORDRE DE VACATIONS

Le Mardi 7 Avril 1908

Tableaux et Études, les numéros pairs et les Aquarelles.

Le Mercredi 8 Avril 1908

Tableaux et Études, les numéros impairs.

Les Tableaux et Etudes non signés par l'artiste portent le cachet ci-dessous :

E. DAMERON

CATALOGUE

DES

TABLEAUX ET ÉTUDES

Provenant de l'atelier

ÉMILE DAMERON

et dont la vente, par suite de son décès, aura lieu à Paris

HOTEL DROUOT. - SALLE I

Les Mardi 7 et Mercredi 8 Avril 1908, à 2 heures

Me André de CAGNY
COMMISSAIRE-PRISEUR
24, Rue Le Peletier, 24

MM. ARNOLD et TRIPP	M. PAUL SIMONS
EXPERTS	EXPERT PRÈS LE TRIBUNAL DE LA SEINE
8, Rue Saint-Georges, 8	*23, Rue des Martyrs, 23*

EXPOSITION PUBLIQUE

Le Lundi 6 Avril 1908, de 2 heures à 6 heures

ÉMILE DAMERON

Si la vente des tableaux et études qui garnissaient l'atelier d'Emile Dameron était une vente ordinaire, destinée à produire la plus forte somme possible en faveur d'héritiers plus ou moins indifférents et intéressés, ce n'est pas le signataire de cette modeste préface qui l'eût écrite.

Nous aurions demandé et facilement obtenu, pour placer en tête du présent catalogue, une savante et brillante notice à quelqu'un de nos grands critiques d'art, à un de ceux qui ont si souvent, à l'occasion de ses succès au Salon des Artistes français, défini et célébré avec leur compétence exercée et leur finesse de connaisseurs professionnels le talent à la fois robuste et délicat, la conscience, la sincérité, la justesse de vision comme coloriste, l'habileté, la probité comme dessinateur, du bel artiste que fut le paysagiste Dameron.

Mais l'organisation de cette vente a été et est avant tout une œuvre d'amis.

L'affection et l'admiration qu'inspiraient à ceux qui l'ont bien connu le caractère et le talent d'Emile Dameron ont présidé, avec l'unique souci de conserver intacte la légitime réputation que son œuvre lui avait méritée, aux travaux préliminaires de l'exposition et de la vente de son atelier.

Emile Dameron, que la mort vient de nous enlever, au moment même où les admirables soins du savant docteur Desnos, son ami, venaient de lui faire espérer le rétablissement définitif d'une santé déjà ébranlée depuis plusieurs mois, n'était âgé que de cinquante-neuf ans.

Ses débuts comme artiste rappellent les légendes qui remplissent les livres d'étrennes dont l'imagination des enfants est toute grisée : *Jeunesse des Hommes célèbres*, *Vie des Peintres illustres*, *Enfance des Grands Hommes*, etc.

A dix-huit ans, Emile Dameron, irrésistiblement poussé par la vocation, était forcé de fuir la maison de son père, carrossier implacable qui ne pouvait supporter l'idée que son fils voulût peindre autre chose que des armoiries pour les panneaux de ses voitures.

Il fut recueilli dans l'atelier d'un vieil ami, le dessinateur Albert Adam, et tout de suite se mit à gagner sa vie en dessinant des gravures de modes, en composant des lithographies pour titres de morceaux de musique et pour affiches d'opéras.

Mais, avec ténacité, il voulait être peintre. Après la guerre de 1870, où il fit son devoir en combattant aux environs de Paris dans un bataillon de gardes mobiles, il reprit courageusement ses études et entra à l'atelier du père Suisse, une « académie » du bon vieux temps, où il se rencontra avec de jeunes artistes qui devinrent célèbres et restèrent ses amis, Albert Maignan, Maurice Leloir, Jean Béraud, François Flameng, Lerolle, Lionel Le Couteux, etc.

La passion du paysage le saisit. Pelouse le prit comme élève et l'emmena à Cernay-la-Ville.

C'est de là qu'en 1872 Dameron envoya son premier tableau au Salon.

En 1874, il exposa les *Chênes du Grand Moulin* qui fut acquis par le musée de Lyon.

En 1878, il remportait le prix Troyon, et la même année,

— —

enlevait sa troisième médaille avec son tableau des *Bords de l'Aven* qui est au musée de Quimper.

A ce moment je rencontrai son père qui m'aborda par ces mots :

— Eh bien ! ai-je eu tort de lui faire manger de la vache enragée ? Le voilà en passe de devenir grand artiste.

— Vous n'avez pas eu tort, puisqu'il n'en est pas mort, mais s'il devient grand artiste, ce ne sera pas à cause de cela, mais malgré cela.

En 1881, Emile Dameron, désormais hors concours, remportait sa deuxième médaille au Salon avec sa *Cabane de Bûcherons à Cernay*, qui est au musée du Luxembourg. En 1882, le *Vallon de la Montega, près de Nice*, en 1884, l'*Etang de Cernay* (musée de Semur) ; en 1885, les *Bords de la Sarthe* (musée de Senlis) ; en 1887, la *Marchande de volailles*, de Cernay, un succès retentissant dont on retrouve la trace dans d'innombrables et universelles reproductions ; en 1887, *La Seine à Villennes* (au musée de Rouen) ; en 1889, à l'Exposition universelle, la *Nuée qui monte*, acquis par l'Etat...

Puis ce furent (combien j'en passe !) : en 1890, le *Marché du cours Masséna à Antibes ;* en 1891, l'*Etang de Saint-Cucufa* et les fameux *Foins au bord de la Seine ;* en 1892, la *Culture des fleurs au cap d'Antibes*, qu'il avait conservée sans en rien dire ; en 1893, les *Grottes de Puygiraud*, qui est au musée de Dijon ; en 1895, *Antibes et Nice vus du cap* (au musée de Cannes) ; les *Bords du lac de Genève ;* en 1896, la *Vallée et le château d'Angles-sur-Anglin*, dans la Vienne ; en 1897, le *Vieux moulin de Morsaline-Saint-Waast ;* en 1898, la *Carrière de Chamesson* (Côte-d'Or) ; en 1899, un merveilleux *Paris vu des toits du Palais du Louvre* et le *Déversoir du moulin de Montbard ;* en 1900, le *Pont de Poissy ;* en 1901, le *Col de Vénasque à Luchon* (acquis par la Compagnie du Chemin de fer d'Orléans) ; en 1902, le *Cabinet de travail de Buffon* (parc de Montbard), qui est au Cercle Volney; en 1903, l'*Allée de vieux oliviers au cap d'Antibes;* en 1904, *Trianon*, effet de soir ; en 1905, le *Coin des laveuses à Montbard;* en 1906, *Gravenoire* et le *Pavillon de musique de Trianon; Chenonceaux*, grand panneau décoratif pour un escalier Renaissance, appartenant à M. J. Richard.

Tout en courant les chemins pour peindre ces tableaux pour les Salons, Dameron, çà et là, dépensait son activité et son talent, réellement prodigieux de variété et de souplesse, en décorant des hôtels d'amateurs, en collaborant à des panoramas, en donnant des leçons et en formant de brillants élèves.

Il était enfin arrivé à gagner largement sa vie, n'ayant plus à lutter que contre la réputation d'homme riche, réputation que cherchaient à lui faire des camarades désireux sans doute d'expliquer ainsi pourquoi il se refusait à faire ce qu'on appelle « du commerce » avec ses tableaux, dont il ne consentait jamais à se séparer à vil prix.

L'estime de ses confrères l'avait peu à peu entraîné à accepter des fonctions de plus en plus accaparantes : ce fut d'abord le Comité de l'Association Taylor, dont il faisait partie depuis près de vingt ans; puis le Comité de la Société des Artistes français, où il ne cessa d'être élu et réélu depuis 1895; puis le Jury du Salon, le Jury de l'Exposition universelle de 1900; le Jury des Expositions de Bruxelles, d'Anvers, de Chicago, de Saint-Louis.....

Décoré depuis 1895, proposé pour la rosette d'officier de la Légion d'honneur, Dameron accueillait ces marques d'estime avec une modestie sans prétention; au fond, les « honneurs » le laissaient un peu indifférent, et il ne trouvait de joie réelle que dans le travail.

J'ai souvent voyagé avec lui, et dans ces dernières années, le voyant réellement las et souffrant, je lui demandais pourquoi, possédant son métier comme il le possédait et ayant à son service une merveilleuse mémoire visuelle, il ne faisait pas ses paysages dans son atelier, au lieu de se tuer à passer des heures, par tous les temps, en plein air.

— Non, vois-tu, je pourrais aussi bien que d'autres, mais ça ne m'intéresserait pas. Chaque fois que je peins d'après nature, je découvre quelque chose d'amusant à rendre, et c'est ça qui en vaut la peine.....

Et je comprenais alors pourquoi j'avais surpris, certains matins, au Salon, de grands peintres, comme Jules Breton, en train d'examiner les toiles de Dameron et de s'extasier sur la justesse et la conscience de son art et sur ses « trouvailles ».

Ah ! c'est qu'il n'était pas de ces paysagistes qui, comme le disait devant moi le maître Harpignies, ne « mettent pas d'arbres dans leurs paysages parce qu'ils ne savent pas les dessiner ».

Emile Dameron était resté un incontestable héritier des paysagistes de la grande époque, et il avait ajouté aux qualités solides et consciencieuses de ces maîtres qui firent tant pour la gloire de l'École Française, des qualités toutes modernes de coloriste accessible aux joies de la lumière ardente et des tons clairs qui font de lui un artiste original et supérieur.

Ces qualités, jointes à des dons naturels de composition (qu'avaient développés chez lui les premiers travaux de sa jeunesse et qui guidaient son goût dans le choix des « motifs »), font que ses tableaux « se tiennent » à merveille dans les musées les plus sélectionnés, et que la moindre de ses «études» forme aussi bien « tableau » et présente un intérêt aussi intense que ses plus grandes toiles.

Cormon, dans le cordial adieu qu'il adressait à notre ami sur sa tombe, disait de lui qu'il « semblait vouloir dissimuler sous les dehors d'un scepticisme de surface, les grandes qualités de cœur que nous lui connaissions ».

Je puis ajouter que Dameron s'efforçait de la même manière à dissimuler ses émotions d'artiste. Il affectait de ne plus vouloir s'occuper d'un tableau dès qu'il avait fini de le peindre.....

En réalité, il tenait à ses œuvres, les aimait « comme un père », ne s'en détachait qu'avec une secrète douleur. Nous avons retrouvé chez lui un grand nombre de tableaux qu'il avait maintes fois refusé de vendre et qui vont être, de par les obligations de la vie et de la mort, dispersés demain.

Je ne plains pas ceux qui auront la bonne fortune et la bonne idée de les acquérir; ils auront la joie d'orner leur demeure avec des œuvres qui feront honneur à leur goût, et ils en verront en peu de temps décupler la valeur vénale, ce qui, à ce que disent les « sceptiques », est l'idéal du véritable amateur.

FERNAND BOURGEAT.

F. DAMERON

Une allée de vieux oliviers au cap d'Antibes, en janvier

TABLEAUX

PAR

ÉMILE DAMERON

DÉSIGNATION

1. **Vieilles Maisons (Périgord).**
Toile Haut. 0,93 Larg. 0,67.

2. **Sous-Bois (Vaux-de-Cernay).**
Toile Haut. 0,73 Larg. 0,92.

3. **Vieux Moulin à Montbard (Côte-d'Or).**
Toile Haut. 0,65 Larg. 0,92.

4. **Le Fournil (Angles-sur-Anglin).**
Toile Haut. 0,65 Larg. 0,92.

5. **Carcassonne (la Cité).**
Toile Haut. 0,92 Larg. 0 65.

6. **La Tour de Buffon à Montbard (Côte-d'Or).**
Toile Haut. 0,65 Larg. 0,92.

7. **Le Château de Clisson (Loire-Inférieure).**
Toile Haut. 0,65 Larg. 0,92.

8. **Le Cabinet de travail de Buffon (Parc de Montbard).**
Toile Haut. 0,65 Larg. 0,92.

9. **Abreuvoir (Angles-sur-Anglin).**
Toile Haut. 0,92 Larg. 0 65.

10. **Le Coteau (Normandie).**
Toile Haut. 0,60 Larg. 0,92.

11. **Le Ruisseau (Jura).**
Toile Haut. 0,65 Larg. 0,81.

12. **Vallée de la Seine (Meulan).**
Toile Haut. 0,62 1/2 Larg. 0,80.

13. **Le Barrage, Montbard (Côte-d'Or).**
Toile Haut. 0,59 Larg. 0,81.

14. **Le Vieux Château (Angles-sur-Anglin).**
Toile Haut. 0 59 Larg. 0,81.

15. **Roses grimpantes (Bouquet de Mariée).**
Toile Haut. 0,50 Larg. 0,81.

16. **Sous-Bois (Forêt de Fontainebleau).**
Toile Haut. 0,56 Larg. 0,77.

17. **Le Vieux Chêne (Limousin).**
Toile Haut. 0,50 Larg. 0,76.

18. **Les Charbonniers (Vaux-de-Cernay).**
Toile Haut. 0,60 Larg. 0,73.

19. **L'Ile de Poissy.**
Toile Haut. 0,54 Larg. 0,73.

20. **Hameau de Marie-Antoinette (Petit Trianon).**
Toile Haut. 0,73 Larg. 0,54.

21. **Moulin de Dennemont.**
Toile Haut. 0,54 Larg. 0,73.

22. **Vache au pâturage.**
Toile Haut. 0,47 Larg. 0,73.

23. **La Tasse de lait (Ile de Bougival).**
Toile Haut. 0,50 Larg. 0,65.

E. DAMERON

Au cap d'Antibes ; au-dessous de Notre-Dame

24. **Jardin de la fontaine (Nîmes).**
Toile Haut. 0,49 Larg. 0,65.

25. **Pâturage au crépuscule (Normandie).**
Toile Haut. 0,50 Larg. 0,65.

26. **La Tour Buffon, Montbard (Côte-d'Or).**
Toile Haut. 0,65 Larg. 0,49.

27. **Laveuses (Noyers-sur-Serein).**
Toile Haut. 0,49 Larg. 0,65.

28. **Vieux Moulin, Semur (Côte-d'Or).**
Toile Haut. 0,65 Larg. 0,45.

29. **Marée basse à Gorey (Ile de Jersey).**
Toile Haut. 0,46 Larg. 0,65.

30. **Vieille Passerelle (Pas-de-Calais).**
Toile Haut. 0,65 Larg. 0,46.

31. **Montbart (Côte-d'Or).**
Toile Haut. 0,46 Larg. 0,65.

32. **Montbard, la Grand'Rue (Côte-d'Or).**
Toile Haut. 0,46 Larg. 0,65.

33. **Verger en fleurs (environs de Dieppe).**
Toile Haut. 0,46 Larg. 0,65.

34. **Les Oliviers (Cabbé-Roquebrune).**
Toile Haut. 0,61 Larg. 0,50.

35. **L'Embarquement à Poissy.**
Toile Haut. 0,50 Larg. 0,61.

36. **Fête champêtre, XVIIIe (projet de décoration).**
Toile Haut. 0,50 Larg. 0,61.

37. **La Bergerie (Ferme de Péricy).**
Toile Haut. 0,46 Larg. 0,61.

38. **Laveuses à Larçay (Indre).**
Toile Haut. 0,46 Larg. 0,61.

39. **Le Ruisseau de Larçay (Indre).**
Toile Haut. 0,61 Larg. 0,46.

40. **Château de Chauvigny (Vienne).**
Toile Haut. 0,46 Larg. 0,61.

41. **La Rivière à Montbard (Côte-d'Or).**
Toile Haut. 0,46 Larg. 0,61.

42. **Bords de la Marne (Chelles).**
Toile Haut. 0,46 Larg. 0,61

43. **Le Ponton Crosnier (Chelles).**
Toile Haut. 0,46 Larg. 0,61.

44. **Les Mulets (Angles-sur-Anglin).**
Toile Haut. 0,61 Larg. 0,46.

45. **Bords de l'Armançon, Semur (Côte-d'Or).**
Toile Haut. 0,46 Larg. 0,61.

46. **Tricoteuse (Eure).**
Toile Haut. 0,61 Larg. 0,46

47. **Étang de Chauvigny (Vienne).**
Toile Haut. 0,46 Larg. 0,61.

48. **Moulin de Marie-Antoinette (Trianon).**
Toile Haut. 0,46 Larg. 0,61.

49. **Retour du Lavoir (Poissy).**
Toile Haut. 0,46 Larg. 0,61.

50. **Grille du Parc de Montbard (Côte-d'Or).**
Toile Haut. 0,49 Larg. 0,65.

51. **Le Lavoir (Normandie).**
Toile Haut. 0,50 Larg. 0,65.

52. **Pâturage Nivernais.**
Toile Haut. 0,50 Larg. 0,65.

53. **Sous les Saules (Chelles).**

Toile Haut. 0,46 Larg. 0,61.

54. **L'Abreuvoir (Veules-les-Roses).**

Toile Haut. 0,33 Larg. 0,46.

55. **Vallée de la Seine (La Frette-Montigny).**

Toile Haut. 0,40 Larg. 0,67.

56. **Projet de Décoration (XVIIIe siècle).**

Panneau Haut. 0,56 Larg. 0,46.

57. **Vache normande.**

Toile Haut. 0,46 Larg. 0,55.

58. **Coteaux de Flavigny (Côte-d'Or).**

Toile Haut. 0,38 Larg. 0,55.

59. **Le Tréport.**

Toile Haut. 0,38 Larg. 0,55.

60. **Etude pour « La Marchande de Volailles ».**

Toile Haut. 0,55 Larg. 0,38.

61. **Cour de ferme (Angles-sur-Anglin).**

Toile Haut. 0,38 Larg. 0,55.

62. **Vieilles Maisons (Pont-de-l'Arche).**

Toile Haut. 0,38 Larg. 0,55.

63. **Intérieur d'Auberge.**

Toile Haut. 0,38 Larg. 0,54.

64. **Ane du Poitou.**

Toile Haut. 0,54 Larg. 0,38.

65. **Bords de l'Oise (Auvers).**

Toile Haut. 0,32 1/2 Larg. 0,55.

66. **Les Anes à Chauvigny (Vienne).**

Toile Haut. 0,38 Larg. 0,55.

67. **La Vache blanche.**

Toile Haut. 0,45 1/2 Larg. 0,37 1/2.

68. **Sortie d'Ecurie.**
Toile Haut. 0,32 Larg. 0,45 1/2.

69. **Bergère au repos.**
Toile Haut. 0,46 Larg. 0,32.

70. **Sortie du Parc de Montbard (Côte-d'Or).**
Toile Haut. 0,32 Larg. 0,46.

71. **Sainte Enimie. (Gorges du Tarn).**
Toile Haut. 0,33 Larg. 0,46.

72. **La Cueillette des Fleurs.**
Toile Haut. 0,46 Larg. 0,33.

73. **Paysanne normande.**
Toile Haut. 0,46 Larg. 0,33.

74. **Embarcadère à Poissy.**
Toile Haut. 0,33 Larg. 0,46.

75. **Rentrée des Foins.**
Toile Haut. 0,32 1/2 Larg. 0,46

76. **Laveuses à Chauvigny (Yonne).**
Toile Haut. 0,33 Larg. 0,46.

77. **Place du Calvaire à Montbard (Côte-d'Or).**
Toile Haut. 0,33 Larg. 0,46.

78. **Ruisseau à Montbard (Côte-d'Or).**
Toile Haut. 0,46 Larg. 0,33.

79. **Verger en fleurs.**
Toile Haut. 0,32 Larg. 0,41.

80. **A la Porte de l'Etable.**
Toile Haut. 0,27 Larg. 0,40 1/2.

81. **La Lande.**
Toile Haut. 0,24 1/2 Larg. 0,40 1/2.

82. **A Marée basse à Mers.**
Toile Haut. 0,38 Larg. 0,55.

83. **Chemin (Forêt de Fontainebleau).**
Toile Haut. 0,58 Larg. 0,77 1/2.

84. **La Baie de la Forêt (Bretagne).**
Toile Haut. 0,81 Larg. 1,00.

85. **Paysanne bretonne.**
Toile Haut. 0,61 Larg. 0,24.

86. **Prairie (Normandie).**
Toile Haut. 0,43 Larg. 0,65.

87. **Paysanne au repos.**
Toile Haut. 0,54 Larg. 0,37.

88. **L'Arrosage.**
Toile Haut. 0,46 Larg. 0,55.

89. **Hutte de Charbonnier.**
Toile Haut. 0,46 Larg. 0,61.

90. **Cour de ferme à Malesherbes (Loiret).**
Toile Haut. 0,61 Larg. 0,46.

91. **Le Fort Carré (Antibes).**
Toile Haut. 0,27 Larg. 0,40 1/2.

92. **Les Falaises (environs du Tréport).**
Toile Haut. 0,38 Larg. 0,48 1/2.

93. **Les Chaumes (Angles-sur-Anglin).**
Toile Haut. 0,38 Larg. 0,55.

94. **Projet de Décoration (Chenonceaux).**
Toile Haut. 0,27 Larg. 0,40 1/2.

95. **Projet de Panneau décoratif (Faune et Bacchante).**
Toile Haut. 0,31 Larg. 0,28.

96. **Etude de Mouton.**
Panneau Haut. 0,24 Larg. 0,17.

97. **Les Diligences (Valence).**
Panneau Haut. 0,16 Larg. 0,27.

98. **La Diligence (Valence).**
Panneau Haut. 0,20 1/2 Larg. 0,16 1/2.

99. **Dans les Champs.**
Toile Haut. 0,32 1/2 Larg. 0,19.

100. **Repos aux Champs.**
Toile Haut. 0,32 1/2 Larg. 0,20.

101. **Le Goûter.**
Toile Haut. 0,20 Larg. 0,23.

102. **Les Saules (Indre).**
Toile Haut. 0,19 1/2 Larg. 0,26 1/2.

103. **Le Paillon (Nice).**
Toile Haut. 0,36 Larg. 0,53.

104. **Projet de Plafond.**
Toile Haut. 0,80 Larg. 0,80.

105. **Au Cap d'Antibes, au-desssus de Notre-Dame.**
Toile Haut. 0,88 Larg. 1,15.

106. **L'Allée des Vieux Oliviers (Cap d'Antibes).**
Toile Haut. 0,95 Larg. 1,30.

107. **Les Alpes italiennes à Antibes.**
Toile Haut. 0,90 Larg. 1,30.

108. **Forêt de Fontainebleau.**
Toile Haut. 0,90 Larg. 1,50.

109. **Jersey.**
Toile Haut. 0,97 Larg. 1,62.

110. **Gravenoire, près Royat.**
Toile Haut. 0,90 Larg. 1,65.

111. **La Culture des fleurs, Cap d'Antibes, en février.**
Toile Haut. 1,62 Larg. 2,16.

112. **Vallée de Chamaillères (Auvergne).**
Toile Haut. 1,62 Larg. 2,16.

113. **Tableaux omis au Catalogue ci-dessus.**

114. **Antibes (Fort Carré).**
Panneau Haut. 0,13 1/2 Larg. 0,22.

115. **Chinon.**
Panneau Haut. 0,13 1/2 Larg. 0,22.

116. **Plage de Dinard.**
Panneau Haut. 0,14 1/2 Larg. 0,22.

117. **Pont-de-l'Arche.**
Panneau Haut. 0,14 1/2 Larg. 0,22.

118. **Environs de Dinard.**
Panneau Haut. 0,14 1/2 Larg. 0,22.

119. **Laveuses (Bourgogne).**
Panneau Haut. 0,14 1/2 Larg. 0,22.

120. **Les Collines (Var).**
Panneau Haut. 0,14 1/2 Larg. 0,22.

121. **La Foire aux ânes (Chauvigny).**
Panneau Haut. 0,14 1/2 Larg. 0,22.

122. **La Marne (Chelles).**
Panneau Haut. 0,14 1/2 Larg. 0,22.

123. **Bords de la Marne (Chelles).**
Panneau Haut. 0,14 1/2 Larg. 0,22.

124. **Jardin de la Fontaine (Nîmes).**
Panneau Haut. 0,15 1/2 Larg. 0,24.

125. **Poteries (Bretagne).**
Panneau Haut. 0,15 1/2 Larg. 0,24.

126. **Monte-Carlo.**
Panneau Haut. 0,15 1/2 Larg. 0,24.

127. **Pavots.**
Panneau Haut. 0,15 1/2 Larg. 0,24.

128. **La Marne à la Varenne-Saint-Hilaire.**
Panneau Haut. 0,15 1/2 Larg. 0,24.

129. **Menton pris du Cap Martin.**
Panneau Haut. 0,15 1/2 Larg. 0,24.

130. **Marée basse (Concarneau).**
Panneau Haut. 0,12 1/2 Larg. 0,22.

131. **Sujets de Hollande (3 panneaux).**
Chacun Haut. 0,24 Larg. 0,32.

132. **Parc et étang (3 panneaux)**
Chacun Haut. 0,24 Larg. 0,32.

133. **Coin de clos et Paysannes (3 panneaux).**
Chacun Haut. 0,32 Larg. 0,24.

134. **Lever de lune (environs de Barbizon).**
Panneau Haut. 0,22 Larg 0,32.

135. **Paysanne Bretonne.**
Panneau Haut. 0,38 Larg. 0,22.

136. **Les Infantes, d'après Vélasquez (Musée du Prado).**
Panneau Haut. 0,24 Larg. 0,32

137. **Les Fileuses, d'après Vélasquez (Musée du (Prado).**
Panneau Haut. 0,24 Larg. 0,32.

138. **Les Orangers (Cordoue).**
Panneau Haut. 0,32 Larg. 0,24.

139. **Cloître de Saint-Jean-de-Los-Reïs (Tolède).**
Panneau Haut. 0,32 Larg. 0,24

140. **L'Alcazar (Séville).**
Panneau Haut. 0,32 Larg. 0,24.

141. **L'Alcazar (Séville).**
Panneau Haut. 0,24 Larg. 0,32.

142. **Moulin arabe (Tolède).**
Panneau Haut. 0,24 Larg. 0,32.

143. **Pont d'Alcantara (Tolède).**
Panneau Haut. 0,24 Larg. 0,32.

144. **Les Jardins (Cordoue).**
Panneau Haut. 0,24 Larg. 0,32.

145. **Soubrette Louis XV.**
Panneau Haut. 0,32 Larg. 0,24.

146. **Lisière de forêt.**
Panneau Haut. 0,24 Larg. 0,32.

147. **La Frette-Montigny.**
Panneau Haut. 0,24 Larg. 0,32.

148. **Vache normande.**
Panneau Haut. 0,24 Larg. 0,32.

149. **La Serre.**
Panneau Haut. 0,24 Larg. 0,32.

150. **Ane attelé. Sermizelles (Côte-d'Or).**
Panneau Haut. 0,32 Larg. 0,24.

151. **Cour de ferme (Côte-d'Or).**
Panneau Haut. 0,35 Larg. 0,27.

152. **La Passerelle à Clusor (Allier).**
Panneau Haut. 0,35 Larg. 0,27.

153. **Semur (Côte-d'Or).**
Panneau Haut. 0,35 Larg. 0,27.

154. **Vieille porte. Noyers-sur-Serein Côte-d'Or .**
Panneau Haut. 0,27 Larg. 0,35.

155. **Les Laveuses. Noyers-sur-Serein Côte-d'Or .**
Panneau Haut. 0,27 Larg. 0,35.

156. **Entrée d'écurie.**
Panneau Haut. 0,27 Larg. 0,35.

157. **La Grand'Place. Noyers-sur-Serein (Côte-d'Or).**
Panneau Haut. 0,27 Larg. 0,35.

158. **Carcassonne.**
Panneau Haut. 0,35 Larg. 0,27.

159. **Cheval de trait.**
Panneau Haut. 0,35 Larg. 0,27.

160. **San Remo.**
Panneau Haut. 0,35 Larg. 0,27.

161. **Le Rosier.**
Panneau Haut. 0,35 Larg. 0,27.

162. **Vieux Moulin (Eure.)**
Panneau Haut. 0,27 Larg. 0,35.

163. **Entrée de ferme.**
Panneau Haut. 0,35 Larg. 0,27.

164. **Barques (Concarneau).**
Panneau Haut. 0,27 Larg. 0,35.

165. **Bords de Marne.**
Panneau Haut. 0,27 Larg. 0,35.

166. **Moutons, Cour de ferme.**
Panneau Haut. 0,27 Larg. 0,35.

167. **Jardins de la Fontaine (Nîmes).**
Panneau Haut. 0,27 Larg. 0,35.

168. **Le Pont, Sermizelles (Côte-d'Or).**
Panneau Haut. 0,27 Larg. 0,35.

169. **Au Cap d'Antibes.**
Panneau Haut. 0,27 Larg. 0,35.

170. **Les Jarres (Antibes).**
Panneau Haut. 0,27 Larg. 0,35.

171. **Fleurs des Champs.**
Panneau Haut. 0,27 Larg. 0,35.

172. **L'Ecu de France à La Varenne-Saint-Hilaire.**
Panneau Haut. 0,27 Larg. 0,35.

173. **Bords de Marne (La Varenne-Saint-Hilaire).**
Panneau Haut. 0,27 Larg. 0,35.

174. **Les Pivoines.**
Panneau Haut. 0,27 Larg. 0,35.

175. **Laveuses (Bords du Cher).**
Panneau Haut. 0,27 Larg. 0,35.

176. **La Bergerie.**
Panneau Haut. 0,27 Larg. 0,35.

177. **Cap d'Antibes.**
Panneau Haut. 0,27 Larg. 0,35.

178. **Laveuses (Côte-d'Or).**
Panneau Haut. 0,27 Larg. 0,35.

179. **Laveuses (Bords du Cher).**
Panneau Haut. 0,27 Larg. 0,35.

180. **Montbard (Côte-d'Or).**
Panneau Haut. 0,27 Larg. 0,35.

181. **Cap d'Antibes.**
Panneau Haut. 0,27 Larg. 0.35.

182. **L'Allée des Pivoines.**
Panneau Haut. 0,27 Larg. 0,35.

183. **Bords de Marne.**
Panneau Haut. 0,27 Larg. 0,35.

184. **Cap d'Antibes.**
Panneau Haut. 0,27 Larg. 0,35.

185. **Laveuses (Larçay-sur-Indre).**
Panneau Haut. 0,27 Larg. 0,35.

186. **Rosier en fleurs.**
Panneau Haut. 0,27 Larg. 0,35.

187. **Les Laveuses (Noyers-sur-Serein).**
Panneau Haut. 0,32 Larg. 0,41.

188. **Fête sur l'eau (Projet de décoration, XVIIIe).**
Panneau Haut. 0,41 Larg. 0,32.

189. **La Vanne.**
Panneau Haut. 0,27 Larg. 0,35.

AQUARELLES

190. **Le Retour du Marché.**
Haut. 0,38 Larg. 0,55.

191. **Jeune Paysanne.**
Haut. 0,27 Larg. 18 1/2.

192. **L'Eglise de Sermizelles (Côte-d'Or).**
Haut. 0,23 Larg. 0,35.

193. **Environs d'Antibes.**
Panneau Haut. Larg.

194. **Rue à Sermizelles (Côte-d'Or).**
Panneau Haut. Larg.

Paris. — Soc. an. de l'Imp. Kugelmann (L. Cadot, dir.), 12, rue de la Grange-Batelière.

www.ingramcontent.com/pod-product-compliance
Ingram Content Group UK Ltd.
Pitfield, Milton Keynes, MK11 3LW, UK
UKHW021034260726
13994UKWH00005B/2142

9 782329 388045